**Analyse** de l'œuvre
Par Natalia Torres Behar

# Portnoy et son complexe

de Philip Roth

# Rendez-vous sur lepetitlitteraire.fr et découvrez :

Plus de 1200 analyses
Claires et synthétiques
Téléchargeables en 30 secondes
À imprimer chez soi

## PHILIP ROTH       11

## PORTNOY ET SON COMPLEXE       17

## RÉSUMÉ       21

Les premières années de la vie du jeune Alex, la prunelle des yeux de sa maman

Alex, adolescent rebelle et masturbateur frénétique

La destruction du monde parfait d'Alex

## ÉTUDE DES PERSONNAGES       31

Alexander Portnoy

Sophie Ginsky

Jack Portnoy

Mary Jane Reed

Heshie Portnoy

Naomi

Le docteur Spielvogel

## CARACTÉRISTIQUES DE L'ŒUVRE       41

Forme : monologue en prose

Style : verbiage excessif

## ANALYSE DES THÈMES ET CLÉS DE LECTURE       47

Tension entre le monde juif et le monde goy

Sexualité et honte

Le rôle de la femme

**PISTES DE RÉFLEXION**     61

**POUR ALLER PLUS LOIN**     65

# PHILIP ROTH

## L'ÉCRIVAIN COURAGEUX DES ÉTATS-UNIS

- **Né en 1933 à Newark (États-Unis)**
- **Prix littéraires :**
  - Docteur ès lettres *honoris causa* de l'université Harvard (1993)
  - Prix Pulitzer pour *Pastorale américaine* (1998)
  - Médaille nationale des Art et des Lettres (1998)
  - Médaille d'or de la fiction de l'Académie américaine des arts et des lettres (2001)
  - PEN/Faulkner Award pour *Opération Shylock : Une confession* (1994), *La Tache* (2001) et *Un homme* (2007)
  - Prix Prince des Asturies de littérature (2012)
- **Quelques-unes de ses œuvres :**
  - *Laisser courir* (1962), roman
  - *Le Sein* (1972), roman
  - *Opération Shylock : Une confession* (1993), roman
  - *La trilogie américaine* (1997-2000), romans

Philip Roth est un écrivain américain. Né dans une famille juive américaine originaire de la région ukraino-polonaise de Galicie, il grandit à Newark, dans le quartier juif de Weequahic qui inspirera un grand nombre de ses livres. Roth étudie l'anglais à l'université Bucknell puis passe une maitrise en littérature anglaise à l'université de Chicago. Ce diplôme lui permet d'obtenir un poste de professeur de lettres au sein de cette même université avant de partir pour celle de l'Iowa puis de Princeton où il enseigne l'écriture créative. Il reprend pour la dernière fois ses activités professorales à l'université de Pennsylvanie où il donne des cours de littérature comparée jusqu'à ce qu'il quitte le corps enseignant en 1992.

En ce qui concerne sa carrière d'écrivain, Roth rencontre un autre auteur d'origine juive, Saul Bellow, lors d'un séjour à Chicago, ainsi que Margaret Martinson, qui deviendra sa première épouse. Ce mariage dysfonctionnel qui débouche sur un divorce marque considérablement son écriture. Martinson inspire d'ailleurs Roth pour de nombreux personnages féminins comme celui de Mary Jane Reed (ou « Le Singe ») dans *Portnoy et son complexe* (1969). C'est ce roman qui apporte la notoriété à l'auteur car si son recueil de nouvelles *Goodbye, Colombus* remporte le National Book Award en 1960, ses œuvres suivantes comme Laisser courir (1962) et *Quand elle était gentille* (1967) ne connaissent pas un grand succès. Pour Roth, le troisième essai est le bon.

Les années 1970 sont une période de grande expérimentation créative pour Roth. Il s'essaie à la satire politique avec *Tricard Dixon et ses copains* (1971) puis à la parodie kafkaïenne dans *Le Sein* (1972). C'est également à ce moment-là qu'il commence à imaginer le personnage qu'il mettra en scène tout au long de son œuvre : Nathan Zuckerman, que l'on retrouve dans *L'Écrivain des ombres* (1979), *Zuckerman délivré* (1981), *La Leçon d'anatomie* (1983), *La Contrevie* (1986) ou encore *Exit le fantôme* (2007). C'est pourtant dans les années 1990 que Roth sera le plus prolifique. Il écrit alors *Opération Shylock : Une confession* (1993), *Le Théâtre de Sabbath* (1997) et la *Trilogie américaine* (1997-2000) composée des romans *Pastorale américaine* (1997), pour lequel il obtient le prix Pulitzer, *J'ai épousé un communiste* (1998) et *La Tache* (2000).

Roth est probablement l'auteur américain le plus

primé de sa génération (il ne lui manque que le prix Nobel) et côtoie les sommités de la littérature de son temps comme Thomas Pynchon, Don DeLillo ou Cormac McCarthy. Son œuvre prolifique évolue au fil du temps et traite de divers thèmes, comme le conflit entre la morale juive traditionnelle et la recherche d'identité des jeunes Juifs américains (qui occupent ses premiers romans) le rôle d'écrivain et de fils, ainsi les relations entre les arts et la vie ou encore la maladie et la mort (très présents dans ses dernières œuvres). En 2012, Roth reçoit le Prix Prince des Asturies. Avant la cérémonie (à laquelle il ne peut assister en raison d'une opération de la colonne vertébrale), il donne une interview à une journaliste de la revue française *Les Inrockuptibles*. C'est lors de cet entretien, à l'occasion de la parution de Némésis, qu'il annonce qu'il arrête d'écrire et que ce roman sera son dernier.

### AUTOBIOGRAPHIE

Philip Roth a écrit deux romans autobiographiques, *Les Faits : Autobiographie d'un romancier* (1988) et *Patrimoine : Une histoire vraie* (1990). Dans le premier, Roth relate l'évolution de sa vie, de son enfance à sa transformation en un écrivain renommé et controversé. Le second raconte la mort de son père suite à une tumeur au cerveau et est récompensé du National Book Critics Circle Award.

# PORTNOY ET SON COMPLEXE

## TENSION ENTRE COLÈRE ET LUXURE

- **Genre :** roman/monologue
- **Édition de référence :** *Portnoy et son complexe*, Paris, Gallimard, 1970, 280 p.
- **Première édition :** 1969
- **Thématiques :** tension entre le monde juif et le monde *goy*, sexualité et honte, rôle de la femme

*Portnoy et son complexe* est le quatrième livre de Philip Roth. C'est ce roman qui apporte sa notoriété à l'écrivain et en fait l'un des écrivains les plus controversés de la seconde moitié du XXe siècle. Le contenu explicitement sexuel de l'œuvre ne fait pas seulement polémique aux États-Unis mais également dans d'autres pays, comme en Australie, où le roman n'est mis en vente que plusieurs années après sa publication.

En réalité, le roman nous permet d'assister aux

séances de psychanalyse d'Alexander Portnoy, jeune juriste juif qui travaille comme commissaire adjoint à la mairie de New York. Au cours de ses séances avec le docteur Spielvogel, nous apprenons à connaitre les différentes étapes de la vie du personnage et l'influence de son enfance passée au sein d'une famille juive sur son évolution.

### ADAPTATION

*Portnoy et son complexe* s'est vu adapté au cinéma en 1972. Le film, réalisé par Ernest Lehman, met en scène Richard Benjamin et Karen Black.

# RÉSUMÉ

Étant donné que l'histoire relate en fait les différentes séances d'Alexander Portnoy avec son psychanalyste, le docteur Spielvogel, la narration ne suit pas une chronologie linéaire mais passe constamment du passé au présent, c'est-à-dire, de l'enfance à l'âge adulte. De ce fait, le personnage essaie de relater ses actions et ses sentiments afin de « se soigner » du mal dont il souffre et que son psychiatre appellera le « Complexe de Portnoy » et le définira comme un « trouble au sein duquel les désirs altruistes et moraux se ressentent avec énormément d'intensité mais se trouvent en conflit permanent avec des désirs sexuels plus extrêmes voire, pervers » (Roth, 7). Dans ce résumé, nous nous intéresserons à quelques-uns des évènements les plus importants de la vie du jeune homme en tentant de conserver un ordre chronologique.

## LES PREMIÈRES ANNÉES DE LA VIE DU JEUNE ALEX, LA PRUNELLE DES YEUX DE SA MAMAN

L'omniprésence de la mère d'Alex, Sophie, est palpable dès la première page du roman. L'enfant, alors âgé de cinq ans, est persuadé que tous ses professeurs sont en fait sa mère déguisée cherchant à savoir si son petit ange se porte bien et à voir comment il se comporte lorsqu'elle ne peut pas le surveiller. Ces scènes sont récurrentes, tant durant l'enfance d'Alex qu'à l'âge adulte. Ses premiers souvenirs d'enfance nous présentent un monde empli d'amour mais également de surprotection et de terreur.

Alex est le fils cadet d'un couple juif, Sophie et Jack, qui voit en lui un diamant brut n'attendant qu'à être taillé pour devenir un grand homme, non seulement sur le plan professionnel mais aussi du point de vue personnel. Le père travaille d'arrache-pied pour subvenir aux besoins de la famille et la mère, qui passe le plus clair de son temps avec les enfants, se charge de préparer une alimentation saine et veille à ce qu'ils aient une hygiène irréprochable pour prévenir toute maladie. Les bonnes intentions de la mère s'imposent cependant parfois de façon quelque peu violente. Lorsque son enfant ne se porte bien à 100 %, sa mère le fait sortir de la maison et le menace de ne plus le laisser rentrer. Lorsque l'un d'eux ne mange pas, elle s'assied à ses côtés, un long couteau à pain à la main et lui raconte que les enfants qui ne mangent pas ne grandissent pas. Elle conclut toujours en lui demandant ce qu'il souhaite devenir : un homme fort et rayonnant de succès ou une petite souris qui vit dans l'échec. Face à la menace de l'ustensile tranchant, l'enfant décide de manger. Il se doit d'être un enfant fort s'il veut rester en vie.

## ALEX, ADOLESCENT REBELLE ET MASTURBATEUR FRÉNÉTIQUE

L'adolescence est une période difficile pour Alex. Comme tous les jeune de quatorze ans, son monde tourne autour de la masturbation et du défi de l'autorité. Toutefois, la première de ces activités présente une composante particulière : c'est la crainte d'être surpris qui excite le plus le jeune garçon, la peur que ses parents découvrent qu'il se livre à cette activité qu'ils jugeraient dégoutante. Il se masturbe fréquemment dans les urinoirs du collège et utilise des objets de toutes sortes, des fruits, de la viande, des bouteilles ou encore des vêtements de sa sœur. Les horaires pour se toucher sont strictes et c'est pourquoi il profite tout particulièrement des diners de famille pour s'éclipser, prétextant un besoin pressant, et assouvir ses pulsions. De fait, l'une de ses escapades aux toilettes les plus mémorables advient lorsque sa mère vient frapper avec insistance à la porte des toilettes pour savoir s'il souffre de diarrhées parce qu'il a mangé un quelconque aliment interdit et qu'elle souhaite observer ce qu'il y a dans la cuvette tandis que lui, de l'autre côté de la porte, se masturbe frénétiquement. Cette tendance exhibitionniste naissante se répète dans un bus allant de New York à Newark : Alex se masturbe à côté d'une femme endormie alors que n'importe qui pourrait le surprendre. Ce besoin compulsif de se toucher est-il normal ? Les autres jeunes de son âge le font-ils également ?

En ce qui concerne le défi de l'autorité, Alex affronte directement son père, figure souveraine qui, en outre, porte en lui tout le poids des traditions juives. Alex crie sur tous les toits qu'il est athée, qu'il croit en la science et en la politique de gauche. Pire encore, lors d'une célébration religieuse, il traite son père d'ignorant, le fait pleurer et nie tout lien avec les péripéties qu'ont connues ses ancêtres pour arriver aux États-Unis.

En outre, Alex ne ménage pas ses efforts pour adopter cette position de supériorité depuis ce qui est arrivé à son cousin Heshie dont les parents ont détruit la relation qu'il entretenait avec une *schikse* (une femme non-juive) pour conserver l'honneur de la famille. La soumission de son cousin aux normes instaurées par la figure paternelle fait grandir un peu plus le ressentiment contre sa propre famille et fait qu'il va commencer à se construire une vie double. Celle de l'étudiant brillant qui se met parfois en colère et celle du glandeur invétéré.

## LA DESTRUCTION DU MONDE PARFAIT D'ALEX

Alex grandit et est maintenant un adulte. Professionnellement, c'est un homme épanoui : à 33 ans, c'est un avocat de renom qui occupe un bon poste à la mairie de New York. Il vit seul et possède une voiture, ce que ses parents lui reprochent car ils le qualifient de cercueil sur roues. La vie d'Alex est double : d'un côté, son travail consiste à améliorer les conditions de vie des communautés défavorisées de la ville et d'un autre côté, sa vie sexuelle est extrême et complètement désorganisée. Toutes les femmes qu'il côtoie sont absolument creuses, ce qui lui permet de se décharger de toute son anxiété liée au travail et à sa famille. Malgré toutes sa réussite professionnelle, ses parents refusent de le féliciter car une dernière chose leur manque : une belle femme juive et deux beaux enfants. Cette étape de la vie d'Alex est marquée par deux évènements importants : sa relation avec Mary Jane Reed et son voyage en Israël.

Sa liaison avec Mary Jane, dite « Le Singe », constitue une période de grande expérimentation sexuelle pour Alex car il la considère comme la meilleure partenaire de New York. Pourtant, elle n'est pas à la hauteur. Elle est d'origine modeste et a été obligée, pour sortir de la pauvreté et devenir une femme cosmopolite, de servir d'objet sexuel à plusieurs hommes. Mary Jane

ne veut grandir ni intellectuellement, ni spiri-
tuellement et pense que le devoir d'Alex est de
la sauver de ses propres perversions. Lorsqu'Alex
décide qu'elle n'est pas la femme qu'il lui faut,
car l'aspect sexuel ne fait pas tout, elle menace
de se suicider. Alex ne s'en préoccupe pas et
l'abandonne en Europe alors qu'ils passaient des
vacances romantiques.

Le voyage en Israël, quant à lui, constitue un
moment de révélation et de rupture pour le
personnage. Après avoir gouté à la luxure avec
Mary Jane, le jeune homme décide de se rendre
là-bas pour affronter le monstre qu'il considère
responsable de la mauvaise blague qu'est
devenue sa vie : la religion juive. Mais ce qu'il
découvre est radicalement différent. En Israël,
où la majorité de la population est juive, les gens
sont heureux, vont à la plage même le samedi
et les femmes ne ressemblent en rien à celles
qu'il connait. Il s'agit de femmes puissantes et
indépendantes qui savent ce qu'elles veulent
et la direction que doit prendre leur vie. L'une
d'elles, Naomi, est responsable de la rupture
finale d'Alex. Elle lui fait se regarder en face et le
traite de lâche et de dégonflé car il se complait à

se vautrer dans un malheur qu'il s'est lui-même inventé. Selon elle, le judaïsme est synonyme de communauté et de liberté et Alex constitue un pion de plus sur l'échiquier du système. Face à de telles critiques, Alex essaie d'employer le seul pouvoir qu'il connait contre les femmes, la violence sexuelle. Il tente de violer Naomi mais celle-ci résiste et, qui plus est, le sexe d'Alex reste flasque, incapable de servir à quelque chose : Quel lien peut-il exister entre ce phénomène et la découverte d'une vérité d'une telle importance ? Le roman se termine sur un hurlement de douleur du personnage dans le cabinet de son psychiatre.

# ÉTUDE DES PERSONNAGES

## ALEXANDER PORTNOY

Ce jeune avocat de 33 ans est le personnage principal du roman. Il grandit à Newark, dans le quartier juif de Weequahic. Depuis son plus jeune âge, Alex tente de combler les attentes de ses parents : c'est le meilleur élève de l'école, puis de l'université. Lorsque débute le roman, il occupe déjà d'importantes fonctions à la mairie de New York, et ce malgré son jeune âge.

Il semble toutefois que ce ne soit jamais suffisant pour ses parents qui, en plus, exigent qu'il fasse rapidement des enfants à une femme juive afin de perpétuer les racines et le nom de la famille. Cette pression l'oblige à mener une double vie. En public, c'est un homme exemplaire, un jeune qui s'engage à changer la situation du pays en aidant les plus pauvres de la ville. Mais dans sa vie privée, Alex ne connait qu'une succession d'excès sexuels et de masturbations compulsives, actions qu'il effectue pour répondre à son insatisfaction croissante et à l'anxiété qui le mène au bord de la dépression nerveuse.

## SOPHIE GINSKY

Elle est l'archétype de la mère juive. Sa présence, telle du lierre, envahit les moindres recoins de la vie de son fils, Alex, à tel point qu'il la définit comme « omniprésente ». Dès la première page du roman, nous découvrons que lors de son premier jour au collège, Alex est persuadé que tous ses professeurs sont en fait sa mère déguisée qui cherche à savoir s'il se porte bien et comment il se comporte lorsqu'elle ne peut pas le surveiller. Mère aimante, Sophie vit pour sa famille, ses enfants et plus particulièrement son « fils à maman », Alex. Elle semble cependant s'investir parfois un peu trop dans ce travail.

Pour ce qui est de la cuisine, Sophie Ginsky est un véritable cordon bleu. Elle prépare de la gelée de pêches qui défie la gravité, des gâteaux à la banane et des radis piquants (pour ne pas être obligée d'acheter de la pishachs comme elle l'appelle) et surveille le boucher comme un faucon pour s'assurer qu'il coupe bel et bien la viande dans un hachoir casher. En ce qui concerne la propreté et l'hygiène, elle est encore plus pointilleuse et exigeante. Elle cherche les trous dans les chaussettes de son fils, la saleté sous ses ongles et les plis de son corps et lorsque les cotons-tiges ne parviennent pas à bout du cérumen dans ses oreilles, elle utilise du peroxyde d'hydrogène.

En d'autres termes, quel que soit l'effort déployé pour l'hygiène, la santé, et contre les germes et les sécrétions corporelles elle ne sera jamais satisfaite. Son attention est donc, en grande partie, concentrée là-dessus. Son autre grand talent consiste à traumatiser ses enfants en leur transmettant son angoisse de la vie qu'elle voit comme un danger constant. Selon elle, la mort rôde à chaque coin de rue, cachée sous la forme de nourriture goy (non-juive) ou d'une méningite à la piscine municipale. Cependant, malgré toutes ses attentions et ses petits soins, Sophie a l'impression que personne, et particulièrement Alex, ne mesure les efforts qu'elle fait en tant que mère.

## JACK PORTNOY

C'est le père d'Alex. Il le décrit comme étant

toujours constipé, lisant le journal après s'être administré un suppositoire en attendant que Dieu écoute ses prières et que se réalise ce que la famille appelle un « miracle » : sa libération de cette malédiction.

Alex parle également de son père comme d'un homme travailleur, que personne ne satisfait et qui, selon lui, donne toujours plus que ce qu'il obtient en retour. Jack travaille inlassablement au sein d'une entreprise d'assurances pour assurer un meilleur avenir à sa famille, bien qu'il croie également dur comme fer aux polices d'assurance qu'il vend. Tout comme Sophie, son épouse, Jack voit le monde comme un lieu rempli de dangers et de contrariétés. C'est pourquoi il passe le plus clair de son temps, y compris les dimanches, à tenter de sauver n'importe quel Afro-Américain analphabète, Irlandais alcoolique ou Polonais inexpérimenté qui, par négligence, est menacé de perdre sa police d'assurance et mettre ainsi en danger le futur de la famille.

Jack représente la responsabilité et les traditions. Il insiste énormément auprès d'Alex sur le fait que celui-ci a déjà passé la trentaine et qu'il se doit d'honorer son nom de famille et préserver

les traditions juives que le jeune homme s'em-
ploie tant à renier.

## MARY JANE REED

Mary Jane est l'une des petites amies d'Alex,
également connue sous le nom du « Singe ».
Alex entretient avec elle l'une de ses plus lon-
gues relations sentimentales. Mary Jane vient
de Virginie occidentale et arrive à New York à
l'âge de 18 ans sans le moindre sou en poche ni
la moindre dent en bouche. Elle se marie avec
un industriel français qui lui paie une nouvelle
dentition, des voyages en Europe et la fait entrer
dans les cercles les plus raffinés du continent à
conditions qu'elle réalise ses fantasmes sexuels.
Ceux-ci deviennent rapidement trop extrêmes et
elle finit par divorcer.

Mary Jane constitue le fantasme sexuel *shikse*
d'Alex. C'est la seule qui est la hauteur de son
imagination en matière de luxure. Avec Le Singe,
la vie sexuelle est merveilleuse parce qu'elle est
experte en fellation et disposée à faire l'amour
avec lui et une troisième personne, à faire
l'amour dans la rue et dans n'importe quel lieu
et n'importe quelle circonstance. Mary Jane est

cependant trop superficielle pour les standards d'Alex, il ne parvient pas à tomber amoureux d'elle car il ne peut l'imaginer comme la mère de ses enfants, même s'il insiste sur le fait qu'il ne veut pas se marier. Les parents d'Alex ignorent donc son existence et sa non-appartenance à la religion juive n'est pas la seule raison : son ignorance, son manque de classe et sa sensualité excessive, à la limite de la vulgarité, jouent aussi beaucoup.

## HESHIE PORTNOY

C'est ainsi que se prénomme le cousin d'Alex. Malgré la brièveté de son apparition dans le roman, ce personnage aura un grand impact sur la vie du jeune homme. C'est l'une des étoiles montantes de l'équipe d'athlétisme et il détient le record du lancer de javelot. Alex considère Heshie comme un modèle à suivre car lui aussi se révolte contre l'autorité parentale en sortant avec Alice, une non-juive, premier tambour de l'orchestre. Ses parents voient cette relation comme un déshonneur pour la famille et mettent donc tout en œuvre pour y mettre un terme. Ils vont même jusqu'à inventer à leur fils une maladie du sang en phase terminale et racontent des mensonges à Alice pour qu'elle ne le revoit plus.

Le personnage d'Heshie est important parce qu'il est le seul du roman à se montrer capable de défier, y compris physiquement, l'autorité d'un père de famille. Sa période de rébellion prend cependant fin lorsque son père l'immobilise au sol pendant quinze minutes et qu'il finit par fondre en larmes, le suppliant d'arrêter. Alex sait que l'unique raison de la défaite de son cousin réside dans la malhonnêteté de son oncle dont les seules paroles à la mort de son fils sont qu'il ne laissait heureusement derrière lui ni épouse *shikse*, ni enfants *goy*. Cette phrase résonne pour toujours dans la tête d'Alex.

## NAOMI

Cette jeune femme juive vit dans un kibboutz et fait la connaissance d'Alex sur l'autoroute qui mène à Haïfa. Âgée de 21 ans, elle mesure près d'1 m 80 et est originaire des États-Unis. Elle vit dans une communauté de jeunes Israéliens, près de la frontière avec la Syrie. Naomi est indépendante, idéaliste et passionnée. Militante de gauche, elle croit que tous les êtres humains doivent être égaux et avoir les mêmes chances dans la société. Elle est en outre opposée à la politique des États-Unis, qu'elle juge responsable de tous les maux des hommes.

La rencontre d'Alex avec Naomi est une véritable révélation pour lui. Pour la première fois de sa vie, il considère une femme non pas comme un objet sexuel mais comme une figure salvatrice. Naomi possède toutes les caractéristiques de la parfaite femme juive et seuls ses cheveux roux rappellent Sophie. Dans un moment de folie qui suit une succession de commentaires de Naomi sur la vie honteuse que mène Alex, celui-ci, ébranlé, la demande en mariage. Elle refuse catégoriquement car, en plus de ne pas le connaitre suffisamment, elle juge Alex lâche et le voit comme un pantin. Alex tente de la violer pour la punir de son audace mais le passé militaire de la jeune femme l'aide à gagner ce combat contre un homme qui, en plus, est impuissant, au sens physique du terme.

## LE DOCTEUR SPIELVOGEL

C'est le psychanalyste d'Alex mais nous ne savons rien de sa vie. Ce personnage parle très peu et nous ignorons jusqu'à son apparence physique et ce qu'il pense de tout ce qu'Alex lui raconte. La seule chose que nous savons est que son interaction avec son patient lui permet de diagnostiquer un trouble de la personnalité qu'il nomme le « Complexe de Portnoy » en hommage à son patient. Il écrit même un article pour la revue *Internationale Zeitschrift für Psychoanalyse.* Nous ignorons également si ces séances aident Alex à aller mieux.

# CARACTÉRISTIQUES DE L'ŒUVRE

## FORME : MONOLOGUE EN PROSE

Comme nous l'avons mentionné, l'espace où se déroule l'intégralité du roman est le cabinet du docteur Spielvogel. Si nous accédons effectivement à d'autres lieux, c'est par la mémoire d'Alex qui tente, dans ce lieu sûr, de chercher une forme de catharsis différente de celle d'une sexualité débordante ou de la masturbation.

Si le roman se divise bel et bien en chapitres, ceux-ci ne suivent pas une structure conventionnelle et fermée en tant que telle mais servent plutôt à énoncer les thèmes principaux qui nous sont révélés dans les souvenirs qu'Alex raconte au sein d'un chapitre bien précis. Dans « La branlette », par exemple, Alex nous fait part de ses premières incursions dans le monde de la masturbation frénétique, « Le blues juif », lui, nous présente les affrontements adolescents d'Alex contre son père et  le judaïsme ainsi que la vie et la mort de son cousin et modèle Heshie ; le chapitre suivant, lui relate la fin de sa relation avec Mary Jane après dix mois de décadence sexuelle, tandis que « L'exil », nous présente Alex expliquant ses ressentis à propos de la vie juive en Israël ainsi que sa discussion, qui se transforme en combat, avec Naomi.

Plutôt que de constituer des chapitres en tant que tels, comme dans un roman classique, cette division par thème est là pour guider le lecteur. *Portnoy et son complexe* nous plonge dans un monologue de presque 300 pages qui nous présente les plaintes, les blagues, les colères et les secrets les plus obscurs du jeune personnage, souffrant d'une insatisfaction générale qu'il canalise au moyen d'une relation assez malsaine avec le sexe.

Les sauts entre le passé et le futur sont constants, tout comme les questions posées au docteur, dont nous ne connaissons que le nom de famille, Spielvogel, et qui n'offre jamais de réponse lorsqu'Alex l'appelle désespérément à l'aide.

« Docteur, quel nom donneriez-vous au mal dont je souffre ? Est-ce donc cette souffrance juive dont j'ai tant entendu parler ? [...]. Docteur, je ne peux plus, je ne supporte plus de vivre terrorisé pour rien. Accordez-moi la bénédiction de la masculinité. Rendez-moi courageux ! Rendez-moi fort ! Rendez-moi complet ! » (Roth, 37).

## STYLE : VERBIAGE EXCESSIF

Comme nous venons de le dire, le roman est en réalité un long monologue. Devant cette possibilité d'expression absolument libre, le personnage ne lésine pas sur les moyens mis à sa disposition pour s'exprimer, comme en témoigne la typographie. Certains passages sont écrits entièrement en italique, d'autres en majuscules, notamment lorsque le niveau d'intensité du souvenir et le désespoir qu'il génère atteignent des sommets. Alex est aussi empli de colère que de luxure et son langage se charge de nous le démontrer.

Les scènes traitant de masturbation et de sexe sont explicites et pas toujours sensuelles mais plutôt violentes, voire désespérées. Le personnage semble être complètement dominé par la honte et l'envie d'être aussi loin que possible de sa famille et des attentes que celle-ci place en lui.

Dans un article du *El País*, Roth relate son expérience à la relecture, 45 ans plus tard, de *Portnoy et son complexe*. Bien sûr, le passage du temps lui a permis d'adopter un point de vue plus critique mais certaines choses ne changent pas. Quel est le rôle du répugnant dans le roman ? Selon Roth, il permet à la fois de montrer la fragilité humaine et de s'émanciper des méthodes narratives traditionnelles.

Le langage est une façon de présenter ce qui est répugnant, de révéler ce que cela semble être et ce que c'est réellement. L'auteur déclare d'ailleurs à ce sujet : « Tchekhov nous explique avec justesse que le devoir de l'écrivain n'est pas de résoudre des problèmes mais de les présenter correctement. » (Roth, 2014). L'ambiance d'une séance de psychanalyse se révèle donc parfaite. Dans cette atmosphère sûre, semblable à celle d'une confession, le personnage n'est un dépravé sexuel mais une personne avec des problèmes qui cherche de l'aide. C'est le récipient parfait qu'a choisi Roth pour contenir le monde d'Alex, un monde sans règles où les mots courent comme des torrents pour rendre compte du flux de conscience du personnage.

# ANALYSE DES THÈMES ET CLÉS DE LECTURE

## TENSION ENTRE LE MONDE JUIF ET LE MONDE GOY

Comme nous le disions un peu plus tôt, Alex est issu d'une famille juive avec tout ce que cela implique, de bien comme de mauvais, de la même façon que s'il venait d'une famille catholique, musulmane ou de n'importe quelle autre religion. Au fil du roman, il est cependant possible de voir qu'il existe une différence frappante entre le monde juif et le monde *goy* (non juif) c'est-à-dire, le reste des États-Unis et principalement les WASP (acronyme anglais pour « anglo-saxons blancs et protestants »). Depuis son plus jeune âge, Alex a entendu dire que tout le monde n'avait pas la chance de naitre juif et que ce qui est bon est juif, tandis que ce qui est mal est *goy*. En fait, Alex nous apprend que la première différence que ses parents lui inculquent n'est pas celle entre le jour et la nuit, ni celle entre le chaud et le froid, mais bien celle entre le *goy* et le Juif.

D'un côté, ses parents et la communauté en général ont raison de voir les choses de cette manière. Comme si la situation qu'elle avait vécue lors de sa vie en Europe au cours de la Seconde Guerre mondiale (lorsqu'Alex n'était encore qu'un bébé) ne suffisait pas, la famille est victime d'antisémitisme aux États-Unis. Au début du roman, par exemple, les Portnoy vivent dans le New Jersey mais un beau jour, l'ambiance dans le quartier commence à changer. La façade d'un immeuble est taguée d'une croix gammée et une autre est gravée sur le pupitre d'un camarade de classe de la sœur d'Alex, qui est d'ailleurs poursuivie par une bande de jeunes se prenant manifestement pour des antisémites invétérés. Face à la situation, le père d'Heshie ne peut s'empêcher de se moquer de la famille d'Alex et leur demander pourquoi ils sont surpris, affirmant que ce sont les conséquences logiques de vivre dans un quartier *goy*.

De l'autre côté se trouve la fierté juive que l'on ressent particulièrement lorsqu'ils se moquent des actes non juifs motifs de plaisir et de fierté pour les *goys*, comme le service militaire ou le sport. Les Juifs ne se limitent pas à se moquer de ce type d'activités mais se sentent également supérieurs car peu leur importe de gagner ou de perdre. Mais ce sentiment de fierté est cependant mêlé à celui de la tragédie, sentiment qu'Alex méprise par-dessus tout et auquel il se confronte tout au long de son adolescence. Lors d'une dispute avec son père le jour de Roch Hachana (le jour où l'on célèbre le nouvel an juif), Alex nie l'existence de Dieu et refuse de se vêtir selon les coutumes pour la cérémonie, déshonorant ainsi son père et l'ensemble du peuple juif.

> « - Elles ne signifient rien pour toi pour la simple et bonne raison que tu ignores tout d'elles. Que sais-tu de l'histoire de Rosh Hachana ? [...] que sais-tu, toi, pour affirmer que toute cette souffrance, toutes ces afflictions ne constituent en fait qu'un mensonge ?
> [...]
> - Tu es remarquable à l'université, soit, mais dans la vie réelle tu es aussi bête que le jour de ta naissance.
> - Bien, il me semble ce moment est donc enfin arrivé. Je l'attendais depuis un bon moment.
> - C'est toi qui es bête ! Oh oui tu l'es ! » (Roth, 64).

Cette citation nous permet d'observer la façon dont le conflit entre Alex et la religion est, d'une certaine façon, relié à celui qui fait rage entre le jeune homme et ses parents dont nous parlerons plus tard. Il semblerait qu'Alex pense que s'il n'était pas né juif, il n'aurait pas été élevé « à la juive », c'est-à-dire en cultivant un sentiment permanent de peur et de culpabilité pour être en vie et posséder de belles choses et que sa vie serait bien différente. C'est la raison pour laquelle il vénère secrètement le *goy*, il sombre dans la luxure lorsqu'il rencontre une *shikse* mais se retrouve surtout particulièrement surpris lorsqu'il se rend en Israël et réalise que tous les Juifs ne sont pas aussi traumatisés que lui :

> « Il n'est pas plus tard que sept heures mais un regard par la fenêtre me suffit pour voir que la plage est déjà bondée. Cette vision me surprend énormément. À une heure si matinale, un samedi qui plus est, je m'étais figuré que la solennité et la religiosité du Shabbat auraient envahi toute la population. Mais la multitude juive, une fois de plus, est heureuse. » (Roth, 267).

# SEXUALITÉ ET HONTE

La relation entre Alex et ses parents est donc tendue et c'est peut-être la raison pour laquelle il en veut tant à la religion juive. Si Jack et Sophie souhaitent simplement le meilleur pour leur fils, le monde qu'ils lui présentent est plein de dangers, de tragédies et de microbes qui attendent la moindre opportunité pour attaquer les insouciants. Les épisodes de la vie d'Alex où abondent des expressions telles que « Attention ! » ou « Non, Alex, non ! » sont nombreux. Alex nous raconte une anecdote au cours de laquelle sa mère demande à vérifier le contenu de la cuvette des toilettes pour surveiller ses excréments et vérifier qu'il n'a pas mangé de frites à la cantine de l'école.

Ce contrôle s'exerce encore après qu'Alex a quitté la maison pour l'université où il étudie le droit, domaine en partie choisi par ses parents, et même à l'âge adulte lorsqu'il vit seul à New York. Ils insistent pour qu'il les appelle plus souvent, qu'il leur rende visite plusieurs fois par mois, qu'il ne roule pas avec telle voiture, qu'il ne parte pas en vacances sans les prévenir, entre autres plaintes et réclamations. Si ces réclamations sont prononcées par de nombreux parents, peu importe leur pays ou leur religion, l'impact sur Alex est plus profond et génère en lui un mépris, voire une haine envers ses parents car il a passé toute sa vie à essayer de leur faire plaisir.

Aux yeux de tous, Alex est le Juif presque parfait. Il est intelligent, bien élevé et il occupe un poste important. Pour ses parents cependant, tout cela importe peu pour la simple et bonne raison qu'il n'est pas encore marié et n'a pas encore d'enfants. Même s'ils se nourrissent du succès de leur fils et se délectent à la vue des articles qui paraissent sur lui dans les journaux, les reproches persistent car il est toujours célibataire et cela leur cause de la peine et du chagrin. Ce sentiment de ne jamais être réellement à la hauteur influence considérablement la vie d'Alex et se ressent particulièrement dans sa vie sexuelle qui, comme le dit le docteur Spielvogel « regorge d'actes d'exhibitionnisme, de voyeurisme, de fétichisme et d'autoérotisme. Le coït oral joue également beaucoup. Mais dans le fond, en tant que conséquence de la « morale » du patient, ni les fantasmes, ni l'acte ne lui apporte une réelle gratification sexuelle. (Roth, 7). Son sexe est la seule chose qu'Alex considère comme étant réellement sienne et c'est pour cette raison qu'il se masturbe compulsivement dès l'adolescence et jusqu'à l'âge adulte.

Il trouve plus de plaisir dans la peur d'être surpris en train de se masturber et que l'on découvre à quel point il est écœurant que dans l'acte lui-même. Le sexe, et particulièrement la masturbation, lui sert de catharsis face aux frustrations du monde qui l'entoure. Il y trouve une sorte de refuge. Lorsqu'il éjacule, il ne s'agit pas simplement d'un plaisir physique mais d'une décharge d'un trop plein émotionnel et de l'anxiété engendrée par ses parents. Il se sent libéré.

Toutefois, la sexualité et la masturbation sont également sources de honte et de culpabilité : Que penseraient ses parents s'ils connaissaient sa vie sexuelle sordide avec les *shikses* et plus particulièrement avec Le Singe ? Que penserait l'opinion publique en découvrant la vie privée du commissaire adjoint ? Si Alex choisit ce type de femmes pour défier l'autorité paternelle, il souhaite cependant que personne ne sache avec qui il sort et c'est la raison pour laquelle il cherche, dans sa vie sexuelle, des femmes disposées à tous les extrêmes qui ne lui demandent aucun engagement quel qu'il soit.

À l'inverse de sa vie publique où tout n'est que perfection, peur et tragédie, la vie sexuelle d'Alex est un lieu d'expérimentations et de dégradation dans le but de devenir un véritable homme et de surmonter cette « blague juive » qu'est sa vie, cette existence où la honte et le sentiment de ne pas être à la hauteur sont omniprésents.

## LE RÔLE DE LA FEMME

Tout comme il est possible d'établir une différence entre le monde *goy* et le monde juif, une classification similaire existe pour différencier les femmes, d'après Alex. Dans le roman, la femme remplit deux fonctions précises : elle joue soit le rôle de mère, soit celui d'objet sexuel servant à se libérer de ses désirs les plus intimes. La première est juive, la seconde est *goy*. Il semble que les rôles soient interchangeables d'une certaine manière. Nous avons, en effet, déjà parlé de la relation conflictuelle qui existe entre Alex et sa mère. Celle-ci est omniprésente, fataliste, surprotectrice et le fait chanter, mais elle constitue aussi, en quelque sorte, « la première femme d'Alex ». Lorsqu'il est enfant et même à l'âge adulte, Alex voit sa mère enfiler des jarretières. Elle lui demande d'ailleurs de l'observer faire en présence de son père qui n'a pas le droit de participer à ce rituel « mère-fils ». Sophie lui apprend également à uriner et pour ce faire, lui chatouille le pénis qu'elle surnomme « la petite chose ». Quels effets peuvent avoir ce type d'épisodes sur la vie d'Alex ?

La femme juive est toujours associée à sa mère et c'est pourquoi Alex n'est attiré que par les *shikses* qui n'appartiennent pas à ce monde-là et ne pourront jamais devenir comme Sophie. Elles ne sont que des seins, des fesses, des lèvres, des langues et des hanches, dédiées à la jouissance. Pour Alex, le monde est plein de possibilités, et à l'inverse de sa mère, ces femmes le considèrent vraiment comme un homme, un « grand gaillard » qui les pénètre et leur donne du plaisir en réalisant tout ce qu'elles veulent. La relation entre Alex et Le Singe est ainsi. C'est la seule qui se montre à la hauteur de ses excès sexuels mais, selon le jeune homme, Mary Jane n'est qu'une obsédée sexuelle, un corps qui ne lui sert qu'à se décharger de tout.

Que cherche réellement Alex chez une femme ? Curieusement, et contre toute attente, il cherche une femme qui l'aiderait à combler les attentes de ses parents, une femme attirante, intelligente, pudique et bien évidemment juive, mais sans pour autant ressembler à Sophie. Dans le fond, Alex aimerait réellement appartenir à ce monde juif qu'il déteste tant et qui l'angoisse tellement. Dans les dernières pages du roman, Alex nous confie son rêve pour l'avenir. Il se voit, quelques années plus tard, rentrer d'une partie de softball un dimanche midi et s'installer dans le salon pour lire le journal tandis que son épouse dresse le couvert pour un déjeuner avec ses parents. En d'autres termes, il aspire à une vie de famille simple et tranquille, une vie où il donnerait un doux baiser de bonne nuit à son épouse et ses enfants si mignons.

C'est au cours de son voyage en Israël qu'Alex s'en rend réellement compte. Dans ce pays où les Juifs ne constituent pas une minorité, il peut voir d'autres aspects de sa religion et de ses racines, des aspects un peu moins orthodoxes et fatalistes que ce que l'on observe dans son quartier de Newark. L'apparition éclair de Naomi crée un véritable bouleversement chez Alex. Cette femme juive à la chevelure rousse, au visage constellé de taches de rousseur, innocente et idéaliste, partage beaucoup des points de vue passionnés sur la justice qui étaient ceux d'Alex dans sa jeunesse : la recherche d'une société juste, d'une lutte pour le bien commun. Mais en plus de cela, Naomi le met au défi. Elle ne cherche ni un partenaire sexuel, ni quelqu'un pour la sortir de ses propres perversions, comme le fait Le Singe. Elle lutte pour obtenir ce qu'elle veut et lui fait comprendre que tout ce qu'il a réalisé a contribué à le changer en complice du système. À un moment donné, face à la proposition sou-daine de ce « célibataire juif mais plein de désir », Naomi s'en veut car elle réalise qu'Alex est cassé de l'intérieur et qu'il a besoin d'aide. Elle réalise également que c'est un homme ayant beaucoup de choses à apporter mais qui se complait dans la haine de lui-même. En outre, au cours de cette thérapie choc, elle lui explique que les tragédies qui rythment sa vie ne sont pas le fruit de l'hu-mour juif mais de l'ambiance de ghetto, de la culture de la diaspora. Face à de tels propos, le duo se dispute et Alex se rue sur elle pour tenter de la violer comme s'il essayait, d'une certaine façon, de la soumettre, de la dominer et de faire en sorte que ses paroles n'aient pas de sens ni d'importance. Mais l'entrainement militaire de Naomi lui permet de prendre le dessus et, qui plus est, Alex reste impuissant et ne parvient pas à accomplir son méfait. La situation perdure durant tout son séjour en Israël et le mène au fauteuil du psychanalyste.

# PISTES DE RÉFLEXION

## QUELQUES QUESTIONS POUR AP-PROFONDIR SA RÉFLEXION...

- Pourquoi croyez-vous que cette pièce ait fait tant polémique à l'époque ? Citez au moins trois éléments susceptibles d'avoir créé cette polémique.
- Quel rôle joue le docteur Spielvogel dans le roman ?
- Quel rôle joue la masturbation dans la vie d'Alex ?
- Comment se souvenir de son passé peut aider Alex à changer son avenir ?
- Pensez-vous que la vie d'Alex aurait été différente s'il n'avait pas été de confession juive ? Justifiez votre réponse.
- Quels sont les rôles du privé et du public dans le roman ?
- Que découvre Alex lors de son voyage en Israël ?
- Pourquoi l'apparition, pourtant éclair, de Naomi est-elle importante pour Alex ?

- Que veut dire le personnage lorsqu'il déclare que sa vie n'est qu'une « blague juive » ?
- Avez-vous des souvenirs d'exemples de mère juive archétypale dans d'autres livres, films ou à la télévision ?
- Pourquoi Alex s'avère-t-il impuissant lors de son voyage en Israël ?

Votre avis nous intéresse !
Laissez un commentaire sur le site de votre
librairie en ligne
et partagez vos coups de cœur sur les réseaux
sociaux !

# POUR ALLER PLUS LOIN

## ÉDITION DE RÉFÉRENCE


- ROTH P., *Portnoy et son complexe*, Paris, Gallimard, 1970


## ÉTUDES DE RÉFÉRENCE


- GROSS, B., 1981. Seduction of the Innocent: Portnoy's Complaint and Popular Culture. *The Ethnic American Dream*, vol. 5, n.° 8, 81-92. Consulté le 24 février 2017. http://www.jstor.org/stable/467391

- ROTH, P., 2014. *Philip Roth relee El mal de Portnoy. La obra que cambió una vida. El País.* 26 novembre. Consulté le 20 février 2017. http://cultura.elpais.com/cultura/2014/11/25/actualidad/1416940053_326992.html


## LECTURES RECOMMANDÉES


- Posnock, Ross. 2008. *Philip Roth's Rude Truth: The Art of Immaturity*. Princeton : Princeton University Press.

- Statlander, Jane. 2011. *Philip Roth's Postmodern American Romance: Critical Essays on Selected

*Works*. New York : Peter Lang, collection *Twentieth-century American Jewish writers*.

## ADAPTATIONS

- *Portnoy's Complaint*. Réalisé par Ernst Lehman, avec Richard Benjamin et Karen Black. États-Unis : Warner Brothers, 1972.

# Retrouvez notre offre complète sur lePetitLittéraire.fr

- des fiches de lectures
- des commentaires littéraires
- des questionnaires de lecture
- des résumés

---

**ANOUILH**
- Antigone

**AUSTEN**
- Orgueil et Préjugés

**BALZAC**
- Eugénie Grandet
- Le Père Goriot
- Illusions perdues

**BARJAVEL**
- La Nuit des temps

**BEAUMARCHAIS**
- Le Mariage de Figaro

**BECKETT**
- En attendant Godot

**BRETON**
- Nadja

**CAMUS**
- La Peste
- Les Justes
- L'Étranger

**CARRÈRE**
- Limonov

**CÉLINE**
- Voyage au bout de la nuit

**CERVANTÈS**
- Don Quichotte de la Manche

**CHATEAUBRIAND**
- Mémoires d'outre-tombe

**CHODERLOS DE LACLOS**
- Les Liaisons dangereuses

**CHRÉTIEN DE TROYES**
- Yvain ou le Chevalier au lion

**CHRISTIE**
- Dix Petits Nègres

**CLAUDEL**
- La Petite Fille de Monsieur Linh
- Le Rapport de Brodeck

**COELHO**
- L'Alchimiste

**CONAN DOYLE**
- Le Chien des Baskerville

**DAI SIJIE**
- Balzac et la Petite Tailleuse chinoise

**DE GAULLE**
- Mémoires de guerre III. Le Salut. 1944-1946

**DE VIGAN**
- No et moi

**DICKER**
- La Vérité sur l'affaire Harry Quebert

**DIDEROT**
- Supplément au Voyage de Bougainville

**DUMAS**
- Les Trois
  Mousquetaires

**ÉNARD**
- Parlez-leur
  de batailles,
  de rois et
  d'éléphants

**FERRARI**
- Le Sermon sur la
  chute de Rome

**FLAUBERT**
- Madame Bovary

**FRANK**
- Journal
  d'Anne Frank

**FRED VARGAS**
- Pars vite et
  reviens tard

**GARY**
- La Vie devant soi

**GAUDÉ**
- La Mort du
  roi Tsongor
- Le Soleil des
  Scorta

**GAUTIER**
- La Morte
  amoureuse
- Le Capitaine
  Fracasse

**GAVALDA**
- 35 kilos d'espoir

**GIDE**
- Les
  Faux-Monnayeurs

**GIONO**
- Le Grand
  Troupeau
- Le Hussard
  sur le toit

**GIRAUDOUX**
- La guerre de
  Troie
  n'aura pas lieu

**GOLDING**
- Sa Majesté des
  Mouches

**GRIMBERT**
- Un secret

**HEMINGWAY**
- Le Vieil Homme
  et la Mer

**HESSEL**
- Indignez-vous !

**HOMÈRE**
- L'Odyssée

**HUGO**
- Le Dernier Jour
  d'un condamné
- Les Misérables
- Notre-Dame
  de Paris

**HUXLEY**
- Le Meilleur
  des mondes

**IONESCO**
- Rhinocéros
- La Cantatrice
  chauve

**JARY**
- Ubu roi

**JENNI**
- L'Art français
  de la guerre

**JOFFO**
- Un sac de billes

**KAFKA**
- La Métamorphose

**KEROUAC**
- Sur la route

**KESSEL**
- Le Lion

**LARSSON**
- Millenium 1. Les
  hommes qui
  n'aimaient pas
  les femmes

**LE CLÉZIO**
- Mondo

**LEVI**
- Si c'est un
  homme

**LEVY**
- Et si c'était vrai…

**MAALOUF**
- Léon l'Africain

**MALRAUX**
• La Condition
  humaine

**MARIVAUX**
• La Double
  Inconstance
• Le Jeu de l'amour
  et du hasard

**MARTINEZ**
• Du domaine
  des murmures

**MAUPASSANT**
• Boule de suif
• Le Horla
• Une vie

**MAURIAC**
• Le Nœud
  de vipères

**MAURIAC**
• Le Sagouin

**MÉRIMÉE**
• Tamango
• Colomba

**MERLE**
• La mort est
  mon métier

**MOLIÈRE**
• Le Misanthrope
• L'Avare
• Le Bourgeois
  gentilhomme

**MONTAIGNE**
• Essais

**MORPURGO**
• Le Roi Arthur

**MUSSET**
• Lorenzaccio

**MUSSO**
• Que serais-je
  sans toi ?

**NOTHOMB**
• Stupeur et
  Tremblements

**ORWELL**
• La Ferme
  des animaux
• 1984

**PAGNOL**
• La Gloire de
  mon père

**PANCOL**
• Les Yeux jaunes
  des crocodiles

**PASCAL**
• Pensées

**PENNAC**
• Au bonheur
  des ogres

**POE**
• La Chute de la
  maison Usher

**PROUST**
• Du côté de
  chez Swann

**QUENEAU**
• Zazie dans
  le métro

**QUIGNARD**
• Tous les matins
  du monde

**RABELAIS**
• Gargantua

**RACINE**
• Andromaque
• Britannicus
• Phèdre

**ROUSSEAU**
• Confessions

**ROSTAND**
• Cyrano de
  Bergerac

**ROWLING**
• Harry Potter à
  l'école des sor-
  ciers

**SAINT-EXUPÉRY**
• Le Petit Prince
• Vol de nuit

**SARTRE**
• Huis clos
• La Nausée
• Les Mouches

**SCHLINK**
• Le Liseur

**SCHMITT**
- La Part de l'autre
- Oscar et la
  Dame rose

**SEPULVEDA**
- Le Vieux qui
  lisait des romans
  d'amour

**SHAKESPEARE**
- Roméo et Juliette

**SIMENON**
- Le Chien jaune

**STEEMAN**
- L'Assassin
  habite au 21

**STEINBECK**
- Des souris et
  des hommes

**STENDHAL**
- Le Rouge et
  le Noir

**STEVENSON**
- L'Île au trésor

**SÜSKIND**
- Le Parfum

**TOLSTOÏ**
- Anna Karénine

**TOURNIER**
- Vendredi ou
  la Vie sauvage

**TOUSSAINT**
- Fuir

**UHLMAN**
- L'Ami retrouvé

**VERNE**
- Le Tour
  du monde
  en 80 jours
- Vingt mille
  lieues sous
  les mers
- Voyage au
  centre de
  la terre

**VIAN**
- L'Écume des jours

**VOLTAIRE**
- Candide

**WELLS**
- La Guerre des
  mondes

**YOURCENAR**
- Mémoires
  d'Hadrien

**ZOLA**
- Au bonheur
  des dames
- L'Assommoir
- Germinal

**ZWEIG**
- Le Joueur
  d'échecs

L'éditeur veille à la fiabilité des informations publiées, lesquelles ne pourraient toutefois engager sa responsabilité.

© **LePetitLittéraire.fr, 2017. Tous droits réservés.**

www.lepetitlitteraire.fr

ISBN version numérique : 9782808003544
ISBN version papier : 9782808003551

Dépôt légal : D/2017/12603/707

Conception numérique : Primento,
le partenaire numérique des éditeurs.

Ce titre a été réalisé avec le soutien de la Fédération Wallonie-Bruxelles, Service général des Lettres et du Livre.